EXTRAIT

DES REGISTRES

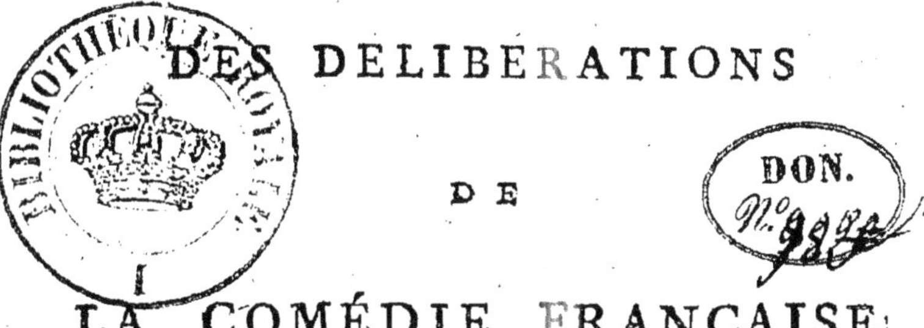

DES DELIBERATIONS

DE

LA COMÉDIE FRANÇAISE.

EXTRAIT DES REGISTRES DES DÉLIBÉRATIONS DE LA COMEDIE FRANÇAISE.

LE Samedi, *dix-neuf Février mil sept cent quatre-vingt-onze*, en l'assemblée des Comédiens Français, tenue en la manière accoutumée, dans le lieu de leur assemblée au Théatre Français, où leur conseil étoit convoqué, M. *Molé* a dit, que l'assemblée étoit convoquée et le conseil invité, pour décider la question suivante, sur laquelle la Comédie desiroit avoir son avis : savoir, *si dans les circonstances actuelles, le traité de société passé entre les Comédiens Français, subsiste dans toute sa force*, quelques membres ayant paru douter, si le décret rendu par l'Assemblée Nationale, sur la liberté des Théatres & la propriété des Auteurs dramatiques, n'avoit pas l'effet de dissoudre cette société.

Sur la proposition de cette question, plusieurs membres de l'assemblée ont demandé qu'on fît d'abord lecture de l'acte de société; ce qui a été fait.

Après quoi M. *de Seze* a représenté « que l'acte » qui venoit d'être lu, & qui renfermoit une mul- » titude de dispositions, étoit trop long, & la » question proposée trop importante, sur-tout » dans la situation où se trouve la Comédie, pour » ne la pas examiner avec toute l'attention qu'elle » méritoit; qu'il croyoit nécessaire que le Conseil » de la Comédie s'assemblât particuliérement, » pour la traiter avec soin, & qu'il donnât sa » résolution par écrit; » ce qui a été adopté par tous les membres du Conseil présens & par les Comédiens Français.

Alors quelques-uns des Comédiens ont élevé d'autres questions particulières sur diverses clauses de l'acte de société, sur lesquelles ils ont pareillement demandé l'avis du Conseil, notamment sur la durée des engagemens & sur les dispositions des articles 10, 11 & 12 de l'acte de société, qui autorisent à congédier un Comédien après quinze ans de service, en lui assurant une pension de 1000 livres, & à retenir au contraire après vingt ans celui dont les services seroient encore jugés utiles à la Comédie; ils ont demandé si le Comédien qu'on pouvoit renvoyer après quinze ans, n'avoit pas aussi le droit de se retirer après le même temps, & si l'on pouvoit licitement le contraindre à rester après les vingt ans, s'il ne le vouloit pas.

Plusieurs autres questions ayant encore été faites, on a observé que pour satisfaire à toutes, & pour éclaircir toutes les difficultés qui pouvoient naître dans l'esprit de chacun, sur chaque article de l'acte de société, il faudroit que les questions fussent rassemblées & remises au Conseil; ce qui ne pouvoit pas se faire à l'instant: que d'ailleurs la question principale étoit celle qui devoit être décidée avant tout, parce que si l'on jugeoit que l'acte de société étoit dissout, il seroit bien superflu de s'engager dans l'examen des clauses de cet acte.

Cette résolution ayant divisé les opinions, on a pris les voix, &, à la majorité de dix-sept contre six, il a été décidé que le Conseil traiteroit d'abord la question principale de l'existence ou de la dissolution de la société.

En conséquence les membres du Conseil présens, ont arrêté de se réunir chez M. *de Seze*, le Mardi ſuivant, pour y examiner, & diſcuter cette queſtion véritablement importante pour la Comédie Françaiſe, avec tout le ſoin qu'elle exigeoit d'eux.

Et le *vingt-huit Février*, l'aſſemblée générale ayant été convoquée en la manière accoutumée,

Il a été fait lecture de *l'avis du Conſeil*, dont la teneur ſuit :

Les Souſſignés, qui ont pris lecture de l'acte de ſociété fait entre les Comédiens Français, le *neuf Juin mil ſept cent cinquante-huit* ; conſultés par les Comédiens, en leur aſſemblée générale du *dix-neuf*,

Sur la queſtion qui s'eſt élevée, de savoir, ſi les circonſtances actuelles, les principes de la liberté, & plus particuliérement le décret rendu par l'Aſſemblée Nationale & ſanctionné par le Roi, ſur la liberté des Théatres & ſur la propriété des Auteurs dramatiques, n'avoient pas l'effet de diſſoudre leur ſociété & de les délier de leurs engagemens.

Après avoir examiné la queſtion avec toute

l'attention que ſon importance & l'intérêt de la Comédie exigent, ils ont vu avec ſatisfaction que les inquiétudes de quelques membres de la ſociété ſont ſans fondement, & que le Conſeil peut les diſſiper par une multitude de motifs, qui ne doivent laiſſer aucun doute dans les eſprits.

Ils ont été unanimement d'avis que le contrat de ſociété ſubſiſte dans toute ſa force, & qu'aucun Comédien ne peut ſe retirer, que dans le cas & après le tems convenu par le contrat, ſauf le droit inconteſtable qu'a la ſociété d'ajouter ou de retrancher aux clauſes de l'acte de cette ſociété, & de modifier, corriger & perfectionner ſon régime, ſuivant que les circonſtances & l'intérêt général l'exigent, par des actes & réglemens faits en vertu de délibérations priſes en la manière accoutumée & à la majorité des voix.

Il faut diſtinguer dans l'acte de ſociété la convention de ſociété proprement dite, d'avec les clauſes réglementaires qui ne concernent que la police ou l'adminiſtration. Ces clauſes, ſoumiſes par leur nature, à l'empire des tems & des circonſtances, ſont ſuſceptibles d'être changées, toutes les fois qu'on se propose d'établir un meilleur ordre de choses ; & il en est aujourd'hui que la seule force des circonstances a nécessairement abolies.

Les Comédiens étoient sous l'inspection de MM. les Gentilshommes de la Chambre du Roi ; cette inspection s'étoit étendue jusques sur l'administration intérieure, & ils faisoient intervenir leur autorité par-tout.

Cette inspection n'existe plus. La Comédie est libre, & ne peut plus connoître, pour régler ses intérêts privés, que la volonté générale de ses membres, manifestée par des délibérations libres & régulières.

Les dispositions des actes relatives à ce gouvernement sont donc abolies par la révolution, par l'établissement des principes de liberté & par les décrets de l'Assemblée Nationale.

Il n'en est pas de même du *contrat de société*.

Le contrat de société proprement dit, est la convention par laquelle les personnes qui composent la troupe des Comédiens du Théatre Français se sont unies pour y jouer la comédie françaiſe, & partager les bénéfices de l'entrepriſe de la manière réglée par le contrat.

De cette ſociété réſulte l'engagement pris par chacun de ſes membres, d'employer excluſivement ſes talens ſur ce Théatre, & de ne pouvoir s'en ſéparer que de la manière & dans le tems déterminé par le contrat.

Voilà ce qui conſtitue la ſociété; c'eſt là l'eſſence du contrat.

Tout le reſte n'eſt que le mode de régir la ſociété.

Comment la révolution & les principes de la liberté auroient-ils l'effet de diſſoudre ce contrat?

La révolution arrivée dans le gouvernement du royaume, n'a pas porté d'atteinte aux conventions privées; les principes de la liberté ſont faits pour en étendre l'empire, plutôt que pour le reſtreindre; pour conſolider les actes de la volonté des citoyens, plutôt que pour les détruire.

Eſt-il un Comédien qui puiſſe dire qu'on l'a contraint contre ſa volonté, ſon intérêt ou ſon honneur, d'entrer au Théâtre François?

Celui qui pourroit le prouver, auroit droit de se pourvoir contre son engagement dans les Tribunaux & de s'en faire relever; ce qui ne dissolveroit certainement pas la société entre les autres.

Mais il n'est au contraire pas un des membres de la société, qui n'ait sûrement ambitionné l'avantage d'y être reçu; & si l'on pouvoit douter que les volontés aient toujours été libres, on le présumeroit plutôt du côté de la société, que l'autorité auroit pu contraindre à recevoir des sujets protégés.

Ce que la révolution & les principes de la liberté sont loin d'avoir opéré, a-t-il été fait par le décret que l'Assemblée Nationale a rendu sur les Théâtres?

Ce décret ne contient aucune disposition qui concerne l'existence, le régime ou la durée des Troupes, Entreprises, ou Sociétés de Comédie.

Loin qu'il opère la dissolution de ces Sociétés, il en suppose, au contraire, la conservation, puisqu'il détermine les droits respectifs des Théâtres existans, de ceux qui s'établiront, & les droits des Auteurs Dramatiques vis-à-vis des uns & des autres.

Loin qu'il ſuppoſe l'anéantiſſement des actes, il en conſacre l'autorité, en déclarant que, s'il en a été paſſé entre les Auteurs & les Comédiens, ils devront être exécutés.

Mais, on fait une objection.

Ce décret enlève, dit-on, au Théâtre François ſon privilège excluſif; il livre à tous les autres Théâtres de Paris le riche fonds qu'il poſſédoit ſeul de tous les anciens Auteurs Dramatiques; il les oblige même à de nouvelles rétributions envers les Auteurs vivans, dont ils avoient acquis les pièces; il porte par là le plus grand préjudice au Théâtre François; & les Acteurs dont il change infiniment le ſort, ne peuvent-ils pas dire qu'ils ſe ſont engagés à la Comédie ſur la foi de ces privilèges & de ce fonds qu'on lui enlève? & s'ils n'ont plus ces avantages ſur leſquels ils avoient compté, ne doivent-ils pas être dégagés du lien auquel ils ſe ſont ſoumis?

Non, ils ne le ſont pas, & ces circonſtances

ne font certainement point de nature à dissoudre la Société.

Sans doute, le Théâtre François fait une grande perte; mais fût-elle encore beaucoup plus grande, ce ne seroit pas une raison de croire la Société dissoute, & les Associés libres de disposer de leurs personnes.

La plus simple réflexion sur l'effet des Sociétés en général, suffit pour s'en convaincre.

Toute Société est une mise en commun pour faire valoir & pour partager les profits qu'elle peut faire.

Mais il n'y a point de profit, que les frais n'aient été prélevés, & le droit de partager les bénéfices impose l'obligation de supporter les pertes.

Ce seroit une étrange prétention de la part d'Associés qui ne trouveroient de force & d'existence à leur contrat que quand la Société gagne, & qui se croiroient dégagés, dès que ses bénéfices diminueroient.

De même que les bénéfices prévus & imprévus entrent dans la Société, les pertes prévues & imprévues y entrent aussi sans la dissoudre.

Quand les Comédiens se sont engagés à la Comédie Françoise, ils y trouvoient un plus riche fonds, ils y espéroient de plus grands bénéfices ; mais ils se soumettoient nécessairement aussi à tous les évènemens qui pouvoient les diminuer.

Ce n'est pas la première fois que le privilège a souffert quelque atteinte; quand on a permis l'établissement de plusieurs Théâtres dans Paris, quelqu'un d'entre les Comédiens a-t-il pensé que la Société fût dissoute? Pourquoi le seroit-elle aujourd'hui par le droit donné à ces Théâtres de jouer leurs pièces?

Et si, au lieu du décret survenu, il avoit été fait une loi qui défendît qu'il y eût plus d'un Théâtre de Comédie dans Paris, le Théâtre François n'en eût-il pas profité?

La perte que souffre le Théâtre François est une force majeure qui n'est du fait d'aucun des membres de la Société, & qui frappe également sur tous; qui, par conséquent, ne donne pas aux uns plus qu'aux autres, le droit de s'en plaindre, & d'en faire porter la peine à la Société.

Eſt-il dit dans l'acte de Société, dans les engagemens d'aucun membre, que, ſi le privilège vient à ceſſer, ſi le fonds du répertoire eſt diminué, ils auront le droit de ſe retirer?

Peut-on même regarder le répertoire de la Comédie Françoiſe & ſon privilège excluſif, comme le fondement tacite de l'engagement des Comédiens? Eſt-ce là le motif qui les a déterminés?

En Province, on jouoit toutes les pièces du Théâtre François ſans obſtacle, & cependant les Comédiens ne venoient-ils pas de la Province à Paris, quand ils pouvoient y être reçus? Le talent des Comédiens François, & le ſéjour de Paris, voilà le fonds ſur lequel ont ſur-tout ſpéculé ceux qui s'y ſont engagés; & il n'en eſt pas un qui, de bonne foi, voulût ſoutenir qu'il n'eſt entré au Théâtre François, que parce que ce Théâtre avoit le privilège excluſif de la Comédie Françoiſe à Paris.

Mais, enfin, quelque importance qu'on puiſſe attacher au privilège, & quelque grande qu'on veuille ſuppoſer la perte dont il s'agit ici, eſt-elle totale? Fait-elle un obſtacle abſolu à ce que la Troupe subsiste, à ce qu'elle joue? Anéantit-elle tous les bénéfices?

Si cela étoit, la Société périroit faute de moyens; & renversée de *fait*, la question ne s'éleveroit pas de savoir, si elle est, ou non, dissoute par un effet de *droit*?

Le Théâtre François perd le privilège exclusif de son fonds; mais il ne perd pas ce fonds: il est obligé d'en souffrir la concurrence; mais cette concurrence est toute à son avantage: il présumeroit bien peu de lui-même, s'il se croyoit anéanti, parce qu'on joueroit ailleurs les mêmes pièces. Loin de s'en décourager, ce doit être pour lui un motif d'émulation, & peut-être d'orgueil. C'est une raison de se tenir plus étroitement unis, & non pas de se dissoudre; & tant que les Comédiens François, étouffant tout germe de division dès sa naissance, fermant l'oreille à toute insinuation étrangère, & se rapprochant encore davantage par les pertes qu'ils éprouvent, sauront maintenir cette union; tant qu'ils soutiendront leurs efforts pour conserver à leur Théâtre le bon goût, & la dignité de la Scène

Françoiſe, ils pourront avoir des envieux, mais ils n'auront point de rivaux. Les talens qui naîtront ailleurs ambitionneront toujours de venir ſe perfectionner chez eux, & travailleront à s'en rendre dignes.

Voilà tout ce qu'on auroit à dire en admettant & conſidérant les pertes occaſionnées par le décret, comme abſolues & ſans aucune compenſation.

Mais l'Aſſemblée nationale a rendu ce décret pour l'intérêt public ; & pour ce grand intérêt, le ſacrifice de la propriété eſt impoſée aux citoyens, par la conſtitution même, *ſauf leur indemnité.*

Les Comédiens Français ne ſe croient pas sûrement étrangers à ce motif, & ſe garderoient de le déſavouer.

Si la révolution leur enlève les privilèges de leurs fonds, elle leur a rendu tous les droits du citoyen ; ils recueilleront auſſi tous les avantages de la conſtitution. La perte que la ſociété fait eſt cenſée profiter aux individus, & ces individus gagnent, comme citoyens, ce qu'ils perdent comme Comédiens.

On ne peut pas même dire que, comme Comédiens, les ſacrifices qu'exige le décret, ſoient abſolus pour eux; car le décret n'eſt pas fait excluſivement contre le Théatre Français.

Comme on peut jouer ſes pièces, il peut auſſi jouer celles des autres. Les Comédiens pourroient faire repréſenter l'opéra-comique, même le grand opéra ſur leur Théatre, s'ils croyoient de leur intérêt de le faire.

Ils n'en auront pas le deſir, ils en auroient difficilement les moyens; mais enfin ils en ont le droit.

Ils trouveront de plus un dédommagement dans certaines rétributions dont ils ſeront affranchis; & ſi l'Aſſemblée Nationale accorde, comme il y a lieu de l'eſpérer, la demande de ſe charger, à titre d'indemnité, des penſions des Acteurs retirés, auroient-ils autant à ſe plaindre de leurs pertes?

Maintenant, ſi toutes les conſidérations auxquelles on vient de ſe livrer ſont déciſives, en les appliquant aux principes généraux des ſociétés, quelle force ne reçoivent-elles pas de la nature particulière de la ſociété des Comédiens?

Ce n'eſt point une ſociété à laquelle on ſoit libre de renoncer, même en acquittant ſa part des dettes.

Elle eſt contractée pour un temps déterminé, pendant lequel la perſonne même engagée, & tous les membres ſont liés individuellement les uns envers les autres.

Ce n'eſt point une ſociété de Commerce dont les fonds en argent ou en marchandiſes, ſubſiſtent dans toute leur valeur, après la retraite de tel ou tel aſſocié.

C'eſt une ſociété de talens, & ces talens en ſont la principale, la véritable miſe; c'eſt là le fonds productif de la ſociété.

Telle eſt auſſi ſa nature, que la réunion des talens qui la compoſent, étant indiſpenſable pour qu'elle exiſte, ces talens valent l'un par l'autre; ils profitent l'un de l'autre, & les ſuccès y ſont relatifs; on peut même ſuppoſer tels talents dont le genre & la ſupériorité feroient la proſpérité d'un Théâtre, & qui pourroient le détruire en ſe retirant.

Les Acteurs s'appartiennent donc, pour ainſi dire,

dire, les uns aux autres, chacun est engagé envers tous, & un seul peut être nécessaire à tous.

Nul ne peut donc rompre son engagement sans le consentement de tous; la société ne peut être dissoute que d'un consentement unanime; la majorité des voix seroit impuissante pour opérer cette dissolution à laquelle la plus foible minorité auroit le droit de s'opposer.

Mais, écartons si l'on veut ces considérations, & supposons les Comédiens libres les uns envers les autres; ne leur resteroit-il pas encore d'autres Maîtres? N'ont-ils pas d'autres chaînes? Ne sont-ils pas obligés *aux dettes;* & leurs créanciers n'ont-ils pas le droit de réclamer leurs services pendant la durée de leurs engagemens?

Les propriétés mobiliaires & immobiliaires de la Comédie, ne sont pas le gage unique des créanciers; le travail de l'Acteur, & son talent font partie de ce gage; & quand les Comédiens ont fait des emprunts, ce gage est certainement entré de part & d'autre dans la convention.

Les créanciers auroient donc le droit de s'oppofer à ce qu'un Acteur abandonnât la troupe avant le terme de fon engagement, pour aller porter fes talens fur un autre Théâtre; & c'eft pofitivement, dans les circonftances préfentes, c'eft lorfque ce créancier perd une partie de fon gage par l'abolition du privilege, qu'il feroit encore mieux fondé à s'attacher à ce qui lui en refte, & plus favorablement écouté.

Il n'eft donc pas vrai que les circonftances, les principes de liberté, ni le décret de l'Affemblée Nationale, puiffent avoir l'effet de diffoudre la fociété, & qu'ils autorifent aucun des Comédiens à difpofer de lui-même.

Mais, quand les principes & tant de motifs réunis, ne repoufferoient pas ce fyftême de diffolution, les fentimens d'honneur ne fuffiroient-ils pas pour en bannir jufques à la penfée?

Quoi! ce feroit au moment où la Comédie Françaife eft attaquée, où l'on croit fon exiftence menacée, où l'on craint quelque péril pour elle, que fes propres enfans prêteroient leurs mains pour aider à la déchirer; les Comédiens affociés fideles, tant que d'utiles bénéfices entretenoient leur dévouement, ne feroient plus que des déserteurs aussi-tôt qu'ils verroient diminuer les bénéfices, & qu'on les flatteroit ailleurs d'un plus grand avantage; ils auroient joui au Théâtre Français des jours de sa fortune, pour l'abandonner dès l'apparence d'une disgrace. Ils iroient enrichir un autre Théâtre des talens qu'ils ont acquis ou formés à son école ; ils deviendroient ses rivaux, ses ennemis, & les instrumens de sa ruine.

On ne craint pas de le dire; une telle démarche seroit désapprouvée par-tout; la voix publique s'éleveroit contre ceux qui l'auroient faite; ils perdroient leur procès dans les Tribunaux, & ils resteroient couverts d'un blâme universel.

Mais il faut écarter ces suppositions : ce sont des inquiétudes & non pas un sentiment; c'est une crainte & non un desir que quelques membres de la société ont témoigné, & le Conseil croit leur avoir fourni les motifs les plus évidens d'une entière sécurité, sur leur situation & sur leurs devoirs.

En traitant cette question, au reste, les soussignés

ont reconnu que celle qu'on a proposée dans la dernière assemblée, sur la durée des engagemens, étoit liée à la première, puisque les obligations de l'associé doivent cesser à l'expiration du tems de son engagement ; & puisque l'objet des Comédiens est de savoir s'il en est parmi eux qui aient le droit de se séparer, ceux qui ont élevé la question de la durée légale des engagemens, l'ont fait encore sur le fondement des circonstances présentes, présumant que l'acte de société contenoit à cet égard des dispositions nulles, comme contraires aux principes des engagemens libres qui ne devoient plus subsister en ce moment.

Les soussignés sont encore unanimement d'avis sur ce point, que l'acte de société ne contient rien que de licite, & qui ne soit très-valable en droit.

Pour le prouver, il faut examiner les articles qui traitent de la durée des engagemens.

Ce sont les dixième & onzième.

Ils portent :

ARTICLE X.

» Tous les Acteurs & Actrices qui seront ren-
» voyés après quinze années de service, jouiront

» de mille livres de pension viagere ; laquelle leur » sera payée annuellement par la Troupe, sans » aucune retenue ni diminution des impositions » quelconques, présentes & à venir, de six en six » mois, à compter du jour & date des ordres de » M. le premier Gentilhomme de la Chambre, » lors en exercice, sur lesquelles seront expédiés » les contrats de constitution desdites rentes » auxdits Acteurs & Actrices ainsi retirés.

Article XI.

» Il sera libre auxdits Acteurs & Actrices de » se retirer après vingt années de service, & audit » cas, ils jouiront de la pension de mille livres ; » laquelle sera constituée à leur profit, confor- » mément au précédent article : néanmoins ceux » desdits Acteurs ou Actrices qui seront jugés » nécessaires après lesdites vingt années de ser- » vice, ne pourront se retirer. Mais ils auront » quinze cents livres de pension, en continuant » par eux leur service pendant dix autres années ».

Trois questions ont été faites sur ces articles.

1°. Quelle eſt la durée de l'engagement? Eſt-ce quinze ans ; eſt ce vingt ans ; eſt-ce trente ans? Voilà deux articles qui ſuppoſent les trois termes.

2°. Le Comédien que la ſociété peut renvoyer après quinze ans, ne doit-il pas être également libre de ſe retirer à l'époque de ce terme ?

3°. Peut-on retenir après vingt ans un Acteur qui n'auroit pas le droit de reſter, ſi on ne le jugeoit plus néceſſaire?

La réponſe à ces trois queſtions eſt, que le terme ordinaire de l'engagement eſt de vingt ans ; que le Comédien ne peut ſe retirer avant ces vingt ans ; & qu'après les vingt ans, il eſt tenu de reſter encore dix ans, s'il eſt jugé par la ſociété que ſes ſervices ſont encore néceſſaires au Théatre.

On dit que le terme ordinaire de l'engagement eſt de vingt ans, parce que la diſpoſition de l'article 10 ne s'applique qu'au cas où un Acteur auroit été renvoyé pour quelque délit ou faits graves, qui ne permiſſent plus de demeurer en Société avec lui, & la prorogation de dix ans, portée en l'article 11, eſt conditionnelle, & ſubordonnée aux circonſtances qui peuvent la rendre néceſſaire.

Il eſt hors de doute, qu'aucune Société, aucune Compagnie, ne peut être forcée de travailler & de vivre avec un Aſſocié qui trahiroit ſa Société, qui la voleroit, qui attenteroit à l'honneur ou à la vie de ſes co-Aſſociés; de tels délits détruiſent la Société, & rompent les engagemens : mais ce n'eſt pas arbitrairement & ſur de ſimples ſoupçons, ce n'eſt pas par des motifs de jalouſie ou de haine, que ce renvoi peut avoir lieu; il faut que le délit ſoit conſtant, & qu'il ſoit prouvé; s'il étoit dénié par l'accuſé, & qu'il refusât de ſe retirer, il faudroit un jugement qui autorisât ſon renvoi.

C'eſt du renvoi forcé qu'il eſt queſtion dans l'article 10, & non de la retraite volontaire. Ces mots : *Tous Acteurs & Actrices qui ſeront renvoyés*, ne peuvent pas être entendus différemment.

Lorſque l'article fixe un délai de quinze années, ce n'eſt pas pour dire qu'un Acteur ne peut pas être renvoyé avant ce terme, s'il avoit encouru cette peine.

C'eſt pour établir qu'à ce terme il ne pourra l'être qu'avec la penſion de mille livres.

S'il étoit renvoyé avant les quinze ans, il ne lui ſeroit pas dû de penſion.

Il y a des exemples au Théâtre François, de ſujets congédiés pour inconduite avant quinze ans, & qui n'ont point eu de penſion.

Mais, on a penſé que, quand un Comédien avoit ſervi quinze ans, quels que fuſſent ſes torts, il ſeroit trop dur de le congédier ſans ſubſiſtance ; on a même porté ſa penſion à *mille livres*, comme celle des Acteurs honorablement retirés après vingt ans, parce qu'on a ſenti qu'il arriveroit que l'Acteur renvoyé ne ſeroit plus reçu dans aucune autre ſociété.

Cette explication très-claire de l'article 10, fait diſparoître l'objection ſur la réciprocité du droit qu'on ſuppoſeroit à l'Acteur de ſe retirer volontairement, après ces quinze années, puiſqu'il ne s'agit pas ici d'une convention réciproque, mais d'une peine imposée à l'Associé coupable.

Quant à l'article 12, il est tout aussi facile d'en expliquer la disposition, & de faire voir qu'elle est très-valable.

Le terme de l'engagement est de vingt années, pendant lesquelles l'Acteur ne peut quitter, & la Société ne peut congédier, à moins qu'il n'y eût consentement respectif à la retraite.

A l'expiration des vingt années, si le Comédien peut encore être utile, & que la Société veuille le conserver, il reste : mais, après dix années, il lui est dû, aux termes de l'article 11, quinze cents livres de pension, qui, depuis, ont été portées à *trois mille livres;* & s'il n'a pas pu faire les dix années, il lui est dû un accroissement de pension proportionné à son tems de service.

L'article 11 porte que *l'Acteur sera tenu de rester.*

Il est difficile de croire que l'Acteur qui a

déjà fait vingt ans de ſervice, qui peut encore en faire dix, & par-là tiercer ou doubler ſa penſion, ſe faſſe faire violence pour y conſentir.

Il eſt également difficile de préſumer qu'il trouve, en quittant ce Théâtre, des avantages ſupérieurs à ceux qu'on lui aſſure en y reſtant.

Toutefois, cela n'eſt pas impoſſible.

C'eſt pourquoi l'article porte qu'il *ſera tenu de reſter.*

Cette diſpoſition eſt valable; elle n'a rien de contraire aux règles des conventions.

Ce n'eſt pas en vertu de la volonté arbitraire de la Société, que le Comédien eſt tenu de reſter; c'eſt en vertu de l'obligation qu'il a contractée de le faire, ſi le cas arrivoit.

Cette clauſe du traité de Société fait partie des engagemens que l'Acteur a pris quand il a été reçu dans la Société.

Il n'a pu l'être qu'en ſe ſoumettant aux traités qui la gouvernent; il les adopte en y entrant.

C'eſt donc volontairement qu'il a ſubi cette

loi, & l'engagement est très-licite, parce que tout homme est parfaitement libre d'engager son industrie, son travail, de telle manière & sous telle condition que bon lui semble.

Quand on objecte à ce sujet qu'un engagement doit être réciproque pour être valable, c'est mal entendre & mal appliquer le principe.

Dans les conventions réciproques, l'engagement doit l'être, & chacune des parties doit avoir un titre contre l'autre.

C'est-à-dire, que chacun des contractans doit paroître dans l'acte, y stipuler, s'y obliger, le signer & en avoir un double, s'il est sous seing-privé.

Si une seule partie s'oblige, ou se trouve maîtresse d'un titre unique qu'elle peut supprimer, il est évident que l'autre n'étant pas liée, l'engagement est nul : car une partie ne peut pas être engagée dans un contrat réciproque de sa nature, si l'autre partie ne l'est pas.

Mais cela ne veut pas dire que les obligations & les droits doivent toujours être corrélatifs & correſpondans, & qu'un des contractans ne puiſſe pas prendre de plus grands engagemens que l'autre, ou ſe lier davantage, & qu'il ne puiſſe pas renoncer aux mêmes facultés qu'il accorde.

Ainſi un homme en engage un autre pour un ſervice quelconque: celui-ci s'oblige de reſter un tems déterminé, & cependant il conſent que l'autre le congédie plutôt, ſi ſes ſervices ceſſent de lui être utiles.

Au contraire, il eſt ſtipulé que l'engagement ſera de telle durée; mais qu'il pourra être prorogé pendant tel autre tems, ſi les ſervices ſont encore jugés néceſſaires.

Aſſurément rien n'eſt plus licite, & l'obligé ne peut ſe ſouſtraire à cette ſujétion, lorſqu'il s'y eſt formellement ſoumis.

Ainſi le Comédien qui, en devenant Aſſocié, s'eſt ſoumis aux loix de la Société, ne peut ſe plaindre de l'exercice d'une faculté qui en faiſoit partie.

Il le peut d'autant moins, que ce n'eſt pas gratuitement qu'on a droit de le retenir pendant dix autres années, puiſqu'il continue d'y jouir de tous ſes avantages, & qu'il acquiert droit à une penſion de *trois mille livres.*

Enfin, ce n'eſt pas pour l'intérêt de la Comédie ſeule, que cette diſpoſition eſt faite : on a conſulté davantage encore la ſatisfaction du Public ; & l'on a voulu conſerver, autant qu'il ſeroit poſſible, au peuple de la Capitale ſes jouiſſances & ſes richeſſes : on a ſenti qu'il ne falloit pas qu'un Acteur chéri du Public, & qui devroit au ſéjour de Paris, aux leçons qu'il y auroit reçues, aux modèles qu'il y auroit trouvés, la perfection qu'il auroit atteint, lui fût enlevé, au moment d'en jouir dans ſa maturité, & que l'étranger pût en faire la conquête.

Tels ſont les motifs de la déciſion des ſouſſignés, auxquels ils ont donné tout le développement qu'ils ont cru néceſſaire pour répondre aux vues de l'Assemblée, & dissiper tous les doutes.

DELAMALLE.	DESEZE.
DE MIRBECK.	LE ROUGE.
FORMÉ.	MONNAY.
BENOIST.	HUA.
BOUTET.	

APRÈS lecture faite de la Consultation, la Société a témoigné au Conseil sa reconnoissance des soins qu'il a bien voulu donner à sa rédaction, & il a été unanimement arrêté qu'elle seroit rendue publique par la voie de l'impression.

MOLÉ,
VANHOVE, } *Semainiers.*

De l'Imprimerie de PRAULT, Imprimeur du Roi, Quai des Augustins, 1791.

www.ingramcontent.com/pod-product-compliance
Ingram Content Group UK Ltd.
Pitfield, Milton Keynes, MK11 3LW, UK
UKHW020509230726
13925UKWH00005B/2125

9 782014 072372